큰글
한국문학선집

정지용 시선집

향수

일러두기

1. 이 선집은 『정지용시집(鄭芝溶詩集)』(1935, 시문학사), 『백록담(白鹿潭)』(1941, 동명출판사), 『원본정지용시집』(이숭원 주해, 깊은샘, 2003)을 참조하였다.

2. 표기는 원칙적으로 현행 맞춤법을 따랐다. 그러나 시적 효과 및 음수율과 관련된 경우는 원문의 표기를 그대로 옮겼다.

3. 원문의 " " 및 「 」 표기는 〈 〉로 고쳤다. 그러나 원문에서 ※ 과 [ ]를 사용한 경우는 원문의 표기를 따랐다.

4. 원문에서 표기한 한자의 경우는 필요시 그대로 두었다.

5. 작품 수록순서는 시집 출간순서와 목차를 우선하고, 미 수록 작품은 발표년도 순으로 하였다.

6. 이해를 돕기 위하여 편자 주를 달았는데, 이는 국립국어원의 뜻을 참조하였다.

목 차

바다 1

고래가 이제 횡단한 뒤
해협이 천막처럼 퍼덕이오.

……흰 물결 피어오르는 아래로 바둑돌 자꾸 자꾸
내려가고,

은방울 날리듯 떠오르는 바다 종달새……

한나절 노려보오 움켜잡아 고 빨간 살 뺏으려고.

※

미역 잎새 향기한 바위틈에
진달래꽃빛 조개가 햇살 쪼이고,

청제비 제 날개에 미끄러져 도—네
유리판 같은 하늘에.
바다는—속속들이 보이오.
청댓잎처럼 푸른
바다
봄

※

꽃봉오리 줄등 켜듯한
조그만 산으로—하고 있을까요.

솔나무 대나무
다옥한 수풀로—하고 있을까요.

노랑 검정 알롱달롱한
블랭킷 두르고 쪼그린 호랑이로—하고 있을까요.

당신은 〈이러한 풍경〉을 데불고
흰 연기 같은
바다
멀리 멀리 항해합쇼.

바다 2

바다는 뿔뿔이
달아나려고 했다.

푸른 도마뱀떼같이
재재발랐다.

꼬리가 이루
잡히지 않았다.

흰 발톱에 찢긴
산호보다 붉고 슬픈 생채기!

가까스로 몰아다 붙이고
변죽을 둘러 손질하여 물기를 시쳤다.[1]

이 앨쓴 해도(海圖)에
손을 씻고 떼었다.

찰찰 넘치도록
돌돌 구르도록

회동그라니 받쳐 들었다!
지구는 연잎인 양 오므라들고⋯⋯펴고⋯⋯

---

1) 『시원』에는 '씻었다'로 표기되어 있음.

비로봉

백화(白樺) 수풀 앙당한2) 속에
계절이 쪼그리고 있다.

이곳은 육체 없는 요적(寥寂)한3) 향연장
이마에 스며드는 향료(香料)로운 자양(滋養)!

해발 오천 피트 권운층 위에
그싯는 성냥불!

동해는 푸른 삽화처럼 옴직 않고
누뤼4) 알이 참벌처럼 옮겨간다.

---

2) (기)앙당하다. 모양이 어울리지 아니하게 작다.
3) (기)요적하다. 고요하고 적적하다.
4) 우박.

연정은 그림자마저 벗자
산드랗게 얼어라! 귀뚜라미처럼.

홍역

석탄 속에서 피어나오는
태고연(太古然)히 아름다운 불을 둘러
십이월 밤이 고요히 물러앉다.

유리도 빛나지 않고
창장(窓帳)도 깊이 내리운 대로−
문에 열쇠가 끼인 대로−

눈보라는 꿀벌떼처럼
닝닝거리고 설레는데,
어느 마을에서는 홍역이 철쭉처럼 난만하다.

비극

〈비극〉의 흰 얼굴을 뵈인 적이 있느냐?

그 손님의 얼굴은 실로 미(美)하니라.

검은 옷에 가리워 오는 이 고귀한 심방(尋訪)에 사람들은 부질없이 당황한다.

실상 그가 남기고 간 자취가 얼마나 향그럽기에

오랜 후일에야 평화와 슬픔과 사랑의 선물을 두고 간 줄을 알았다.

그의 발 옮김이 또한 표범의 뒤를 따르듯 조심스럽기에

가리어 듣는 귀가 오직 그의 노크를 안다.

묵이 말라 시가 써지지 아니하는 이 밤에도

나는 맞이할 예비가 있다.

일찍이 나의 딸 하나와 아들 하나를 드린 일이 있기에

혹은 이 밤에 그가 예의를 갖추지 않고 올 양이면
문 밖에서 가벼이 사양하겠다!

시계를 죽임

한밤에 벽시계는 불길한 탁목조(啄木鳥)[5]!
나의 뇌수를 미싱 바늘처럼 쫏다.

일어나 좋알거리는 〈시간〉을 비틀어 죽이다.
잔인한 손아귀에 감기는 가녈핀 모가지여!

오늘은 열 시간 일하였노라.
피로한 이지(理智)는 그대로 치차(齒車)[6]를 돌리다.

나의 생활은 일절 분노를 잊었노라.
유리 안에 설레는 검은 곰인 양 하품하다.

---

5) 딱따구리.
6) 톱니바퀴.

꿈과 같은 이야기는 꿈에도 아니하련다.
필요하다면 눈물도 제조할 뿐!

어쨌든 정각에 꼭 수면하는 것이
고상한 무표정이요 한 취미로 하노라!

명일! (일자(日字)가 아니어도 좋은 영원한 혼례!)
소리 없이 옮겨 가는 나의 백금 체펠린7)의 유유
한 야간 항로여!

---

7) Zeppelin, Ferdinand Adolf August Heinrich von Graf 독일의 군인
(1838~1917). 1900년에 최초의 경식(硬式) 비행선을 제조하는 데 성공하였
고, 이 비행선은 개량을 거듭한 끝에 제일 차 세계 대전 때 독일군의 유력한
병기로 사용되었다.

아침

프로펠러 소리……
선연한 커—브를 돌아나갔다.

쾌청! 짙푸른 유월 도시는 한 층계 더 자랐다.

나는 어깨를 고르다.
하품……목을 뽑다.
붉은 수탉 모양 하고
피어오르는 분수를 물었다……뿜었다……
햇살이 함빡 백공작의 꼬리를 폈다.

수련이 화판(花瓣)8)을 폈다.

---

8) 꽃잎.

오무라쳤던 잎새. 잎새. 잎새.
방울방울 수은을 바쳤다.
아아 유방처럼 솟아오른 수면!
바람이 굴고 게우9)가 미끄러지고 하늘이 돈다.

좋은 아침—
나는 탐하듯이 호흡하다.
때는 구김살 없는 흰 돛을 달다.

---

9) 거위.

바람

바람 속에 장미가 숨고
바람 속에 불이 깃들다.

바람에 별과 바다가 씻기우고
푸른 묏부리와 나래가 솟다.

바람은 음악의 호수.
바람은 좋은 알리움!

오롯한 사랑과 진리가 바람에 옥좌를 고이고
커다란 하나와 영원이 펴고 날다.

유리창 1

유리에 차고 슬픈 것이 어른거린다.
열없이 붙어 서서 입김을 흐리우니
길들은양 언 날개를 파다거린다.
지우고 보고 지우고 보아도
새까만 밤이 밀려나가고 밀려와 부딪히고,
물 먹은 별이, 반짝, 보석처럼 박힌다.
밤에 홀로 유리를 닦는 것은
외로운 황홀한 심사이어니,
고운 폐혈관이 찢어진 채로
아아 늬는 산새처럼 날러 갔구나!

유리창 2

내어다보니
아주 캄캄한 밤,
어험스런[10] 뜰 앞 잣나무가 자꾸 커 올라간다.
돌아서서 자리로 갔다.
나는 목이 마르다.
또, 가까이 가
유리를 입으로 쫏다.
아아, 항 안에 든 금붕어처럼 갑갑하다.
별도 없다, 물도 없다, 쉬파람 부는 밤.
소중기선처럼 흔들리는 창
투명한 보랏빛 누뤼 알 아,
이 알몸을 끄집어내라, 때려라, 부릇내라.

---

10) (기)어험스럽다. 굴이나 구멍 따위가 텅 비고 우중충한 데가 있다.

나는 열이 오른다.
뺨은 차라리 연정(戀情)스레히
유리에 부빈다, 차디 찬 입맞춤을 마신다.
쓰라리, 알연히,[11] 그싯는 음향—
머언 꽃!
도회에서 고운 화재가 오른다.

---

[11] 쇠붙이가 부딪치는 소리나 학의 울음소리 따위가 맑고 아름답게.

난초

난초 잎은
차라리 수묵색.

난초 잎에
엷은 안개와 꿈이 오다.

난초 잎은
한밤에 여는 담은 입술이 있다.

난초 잎은
별빛에 눈떴다 돌아눕다.

난초 잎은
드러난 팔구비를 어쩌지 못한다.

난초 잎에
적은 바람이 오다.

난초 잎은
칩다.12)

<hr>

12) '춥다'의 방언. '춥다'의 옛말.

촛불과 손

고요히 그싯는 손씨[13]로
방 안 하나 차는 불빛!

별안간 꽃다발에 안긴 듯이
올빼미처럼 일어나 큰 눈을 뜨다.

※

그대의 붉은 손이
바위틈에 물을 따오다,
산양의 젖을 옮기다,
간소한 채소를 기르다,

---

13) '솜씨'의 방언(평북)

오묘한 가지에
장미가 피듯이
그대 손에 초밤불이 낳도다.

해협

포탄으로 뚫은 듯 동그란 선창으로
눈썹까지 부풀어 오른 수평이 엿보고,

하늘이 함폭 나려앉아
크나큰 암탉처럼 품고 있다.

투명한 어족이 행렬하는 위치에
훗하게 차지한 나의 자리여!

망토 깃에 솟은 귀는 소라 속같이
소란한 무인도의 각적(角笛)을 불고─

해협 오전 두 시의 고독은 오롯한 원광을 쓰다
서러울 리 없는 눈물을 소녀처럼 짓자.

나의 청춘은 나의 조국!
다음날 항구의 개인 날세[14]여!

항해는 정히 연애처럼 비등하고
이제 어드메쯤 한밤의 태양이 피어오른다.

---

14) '날씨'의 방언(평남, 함경)

다시 해협

정오 가까운 해협은
백묵 흔적이 적력(的歷)한[15] 원주!

마스트 끝에 붉은 기(旗)가 하늘보다 곱다.
감람(甘藍)[16] 포기 포기 솟아오르듯 무성한 물이
랑이여!

반마(班馬)[17]같이 해구(海狗)[18]같이 어여쁜 섬들
이 달려오건만
일일이 만져주지 않고 지나가다.

---

15) (기)적력하다. 또렷하고 분명하다.
16) 양배추.
17) '斑馬'의 오기인 듯. 얼룩무늬가 있는 말.
18) 물개.

해협이 물거울 쓰러지듯 휘뚝하였다.
해협은 엎질러지지 않았다.

지구 위로 기어가는 것이
이다지도 호수운 것이냐!

외진 곳 지날 제 기적은 무서워서 운다.
당나귀처럼 처량하구나.

해협의 칠월 햇살은
달빛보담 시원타.

화통 옆 사닥다리에 나란히
제주도 사투리 하는 이와 아주 친했다.

스물한 살 적 첫 항로에
연애보담 담배를 먼저 배웠다.

지도

지리교실 전용 지도는

다시 돌아와 보는 미려한 칠월의 정원.

천도(千島) 열도(列島) 부근 가장 짙푸른 곳은 진
실한 바다보다 깊다.

한가운데 검푸른 점으로 뛰어들기가 얼마나 황홀
한 해학이냐!

의자 위에서 다이빙 자세를 취할 수 있는 순간,
교원실의 칠월은 진실한 바다보담 적막하다.

귀로

포도(鋪道)로 내리는 밤안개에
어깨가 저으기 무거웁다.

이마에 촉(觸)하는 쌍그란[19] 계절의 입술
거리에 등불이 함폭! 눈물겹구나.

제비도 가고 장미도 숨고
마음은 안으로 상장(喪章)을 차다.

걸음은 절로 디딜 데 디디는 삼십 적 분별
영탄도 아닌 불길한 그림자가 길게 누이다.

---

19) (기)쌍그렇다. 1. 찬 바람이 불 때 베옷이나 여름옷 따위를 입은 모양이 매우
　　쓸쓸하고 어설프다. 2. 서늘한 기운이 있다.

밤이면 으레 홀로 돌아오는
붉은 술도 부르지 않는 적막한 습관이여!

오월 소식

오동나무 꽃으로 불 밝힌 이곳 첫 여름이 그립지
아니한가?
어린 나그네 꿈이 시시로 파랑새가 되어 오려니.
나무 밑으로 가나 책상 턱에 이마를 고일 때나,
네가 남기고 간 기억만이 소근소근거리는구나.

모처럼만에 날아온 소식에 반가운 마음이 울렁거
리어
가여운 글자마다 먼 황해가 남설거리나니.

……나는 갈매기 같은 종선을 한창 치달리고 있
다……

쾌활한 오월 넥타이가 내처 난데없는 순풍이 되어,

하늘과 딱 닿은 푸른 물결 위에 솟은,
외따른 섬 로맨틱을 찾아 갈까나.

일본말과 아라비아 글자를 알으키러 간
쬐그만 이 페스탈로치야, 꾀꼬리 같은 선생님이야,
날마다 밤마다 섬 둘레가 근심스런 풍랑에 씹히는
가 하노니,
은은히 밀려오는 듯 머얼리 우는 오르간 소리……

압천(鴨川)

압천(鴨川)[20] 십리 벌에
해는 저물어…… 저물어……

날이 날마다 님 보내기
목이 자졌다…… 여울물 소리……

찬 모래알 쥐어짜는 찬 사람의 마음,
쥐어짜라. 부수어라. 시원치도 않아라.

역구풀 우거진 보금자리
뜸부기 홀어멈 울음 울고,

---

20) 일본 교토 시내를 흐르는 하천. 가모자와.

제비 한 쌍 떴다,
비맞이 춤을 추어.

수박 냄새 품어오는 저녁 물바람.
오랑쥬[21] 껍질 씹는 젊은 나그네의 시름.

압천 십리 벌에
해가 저물어…… 저물어……

---

21) '오렌지'의 불어발음.

석류

장미꽃처럼 곱게 피어가는 화로에 숯불,
입춘 때 밤은 마른 풀 사르는 냄새가 난다.

한겨울 지난 석류(柘榴)[22] 열매를 쪼개어
홍보석 같은 알을 한 알 두 알 맛보노니,

투명한 옛 생각, 새론 시름의 무지개여,
금붕어처럼 어린 녀릿녀릿한 느낌이여.

이 열매는 지난해 시월 상달, 우리 둘의
조그마한 이야기가 비롯될 때 익은 것이어니.

---

22) '柘'는 '산뽕나무 자'이나 석류(石榴) 대신 쓴 것으로 보고 석류로 읽음.

작은 아씨야, 가녀린 동무야, 남몰래 깃들인
네 가슴에 졸음 조는 옥토끼가 한 쌍.

옛 못 속에 헤엄치는 흰 고기의 손가락, 손가락,
외롭게 가볍게 스스로 떠는 은실, 은실,

아아 석류알을 알알이 비추어 보며
신라 천년의 푸른 하늘을 꿈꾸노니.

발열

처마 끝에 서린 연기 따라
포도순이 기어 나가는 밤, 소리 없이,
가물음 땅에 스며든 더운 김이
등에 서리나니, 훈훈히,
아아, 이 애 몸이 또 달아오르노나.
가쁜 숨결을 드내쉬노니, 박나비[23]처럼,
가녀린 머리, 주사 찍은 자리에, 입술을 붙이고
나는 중얼거리다, 나는 중얼거리다,
부끄러운 줄도 모르는 다신교도와도 같이.
아아, 이 애가 애자지게 보채노나!
불도 약도 달도 없는 밤,
아득한 하늘에는
별들이 참벌 날으듯하여라.

---

23) 박나방.

향수

넓은 벌 동쪽 끝으로
옛 이야기 지줄대는 실개천이 회돌아 나가고,
얼룩백이24) 황소가
해설피 금빛 게으른 울음을 우는 곳,

─그곳이 차마 꿈엔들 잊힐 리야.

질화로에 재가 식어지면
비인 밭에 밤바람 소리 말을 달리고,
엷은 졸음에 겨운 늙으신 아버지가
짚베개를 돋아 고이시는 곳,

---

24) 얼룩빼기. 겉이 얼룩얼룩한 동물이나 물건.

—그곳이 차마 꿈엔들 잊힐 리야.

흙에서 자란 내 마음
파아란 하늘빛이 그리워
함부로 쏜 화살을 찾으러
풀섶 이슬에 함추름 휘적시던 곳,

—그곳이 차마 꿈엔들 잊힐 리야.

전설 바다에 춤추는 밤물결 같은
검은 귀밑머리 날리는 어린 누이와
아무렇지도 않고 예쁠 것도 없는
사철 발 벗은 아내가
따가운 햇살을 등에 지고 이삭 줍던 곳,

－그곳이 차마 꿈엔들 잊힐 리야.

　　하늘에는 성근 별
　　알 수도 없는 모래성으로 발을 옮기고,
　　서리 까마귀 우지짖고[25] 지나가는 초라한 지붕,
　　흐릿한 불빛에 돌아앉아 도란도란거리는 곳,

　　－그곳이 차마 꿈엔들 잊힐 리야.

---

25) (기)우지짖다. '우짖다'를 멋스럽게 이르는 말.

갑판 위

　나지익한 하늘은 백금빛으로 빛나고
　물결은 유리판처럼 부서지며 끓어오른다.
　둥글둥글 굴러오는 짠바람에 뺨마다 고운 피가 고
이고
　배는 화려한 짐승처럼 짖으며 달려 나간다.
　문득 앞을 가리는 검은 해적 같은 외딴 섬이
　흩어져 날으는 갈매기떼 날개 뒤로 문짓문짓 물러
나가고,
　어디로 돌아다보든지 하이얀 큰 팔굽이에 안기어
　지구덩이가 동그랗다는 것이 즐겁구나.
　넥타이는 시원스럽게 날리고 서로 기대선 어깨에
유월볕이 스며들고
　한없이 나가는 눈길은 수평선 저쪽까지 기폭처럼
퍼덕인다.

바닷바람이 그대 머리에 아른대는구려,
그대 머리는 슬픈 듯 하늘거리고.

바닷바람이 그대 치마폭에 니치대는구려,
그대 치마는 부끄러운 듯 나부끼고.

그대는 바람보고 꾸짖는구려.

※

별안간 뛰어들삼아도 설마 죽을라구요.
바나나 껍질로 바다를 놀려대노니,

젊은 마음 꼬이는 굽이도는 물굽이

둘이 함께 굽어보며 가비얍게 웃노니.

카페 프란스

옮겨다 심은 종려나무 밑에
비뚜루 선 장명등,26)
카페 프란스에 가자.

이놈은 루바쉬카27)
또 한 놈은 보헤미안 넥타이
뻐쩍 마른 놈이 앞장을 섰다

밤비는 뱀눈처럼 가는데
페이브먼트28)에 흐늙이는 불빛
카페 프란스에 가자.

---

26) 대문 밖이나 처마 끝에 달아 두고 밤에 불을 켜는 등.
27) 루바슈카. 러시아의 민속의상.
28) 포장도로.

이놈의 머리는 비뚤은 능금
또 한 놈의 심장은 벌레 먹은 장미
제비처럼 젖은 놈이 뛰어간다.

※

〈오오 패롯[鸚鵡] 서방! 굳 이브닝!〉

〈굳 이브닝!〉(이 친구 어떠하시오?)

울금향(鬱金香) 아가씨는 이 밤에도
경사 커-튼 밑에서 조시는구려!

나는 자작(子爵)의 아들도 아무것도 아니란다.

남달리 손이 희어서 슬프구나!

나는 나라도 집도 없단다.
대리석 테이블에 닿는 내 뺨이 슬프구나!

오오, 이국종 강아지야
내 발을 빨아다오.
내 발을 빨아다오.

슬픈 인상화

수박 냄새 품어오는
첫 여름의 저녁때……

먼 해안 쪽
길 옆 나무에 늘어선
전등. 전등.
헤엄쳐 나온 듯이 깜박거리고 빛나노나.

침울하게 울려오는
축항(築港)29)의 기적소리…… 기적소리……
이국정조로 퍼덕이는
세관의 깃발. 깃발.

---

29) 항구를 구축함. 또는 그 항구.

시멘트 깐 인도 측으로 사폿 사폿 옮기는
하이얀 양장의 점경(點景)!

그는 흘러가는 실심(失心)한 풍경이어니……
부질없이 오랑쥬 껍질 씹는 시름……

아아, 애시리(愛施利)30) · 황(黃)!
그대는 상해로 가는구려……

---

30) '애슐리(Ashley)'의 한자식 표기.

조약돌

조약돌 도글 도글······
그는 나의 혼의 조각이러뇨.

앓는 피에로의 설움과
첫길에 고달픈
청제비의 푸념 겨운 지줄댐과,
꾀집어 아직 붉어오르는
피에 맺혀,
비 날리는 이국 거리를
탄식하며 헤매노나.

조약돌 도글 도글······
그는 나의 혼의 조각이러뇨.

다알리아

가을볕 째앵하게
내려쪼이는 잔디밭.

함빡 피어난 다알리아.
한낮에 함빡 핀 다알리아.

시악시야, 네 살빛도
익을 대로 익었구나.

젖가슴과 부끄럼성31)이
익을 대로 익었구나.

---

31) 부끄러움을 잘 타는 성질.

시악시야, 순하디 순하여다오.
암사슴처럼 뛰어다녀 보아라.

물오리 떠돌아다니는
흰 못물 같은 하늘 밑에,

함빡 피어나온 다알리아.
피다 못해 터져 나오는 다알리아.

홍춘(紅椿)

춘(椿)나무 꽃 피 뱉은 듯 붉게 타고
더딘 봄날 반은 기울어
물방아 시름없이 돌아간다.

어린아이들 제 춤에 뜻 없는 노래를 부르고
솜병아리 양지쪽에 모이를 가리고 있다.

아지랑이 졸음 조는 마을길에 고달퍼
아름아름 알아질 일도 몰라서
여윈 볼만 만지고 돌아오노니.

선취(船醉)

배 난간에 기대 서서 휘파람을 날리나니
새까만 등솔기에 팔월달 햇살이 따가워라.

금 단추 다섯 개 달은 자랑스러움, 내처 시달품.
아리랑 조라도 찾아볼까, 그 전날 부르던,

아리랑 조 그도 저도 다 잊었습네, 이제는 버얼써,
금 단추 다섯 개를 삐우고 가자, 파아란 바다 위에.

담배도 못 피우는, 수탉 같은 머언 사랑을
홀로 피우며 가노니, 늬긋 늬긋 흔들 흔들리면서.

슬픈 기차

우리들의 기차는 아지랑이 남실거리는 섬나라 봄
날 왼 하루를 익살스런 마도로스 파이프를 피우며
간 단 다.
우리들의 기차는 느으릿 느으릿 유월 소 걸어가듯
걸어 간 단 다.

우리들의 기차는 노오란 배추꽃 비탈밭 새로
헐레벌떡거리며 지나 간 단 다.

나는 언제든지 슬프기는 슬프나마 마음만은 가벼워
나는 차창에 기댄 대로 휘파람이나 날리자.

먼 데 산이 군마(軍馬)처럼 뛰어오고 가까운 데 수
풀이 바람처럼 불려 가고

유리판을 펼친 듯, 뇌호내해(瀨戶內海)[32] 퍼언한
물 물. 물. 물.
　　손가락을 담그면 포도빛이 들으렷다.

　　입술에 적시면 탄산수처럼 끓으렷다.
　　복스런 돛폭에 바람을 안고 뭇 배가 팽이처럼 밀
려가 다 간,
　　나비가 되어 날아간다.

　　나는 차창에 기댄 대로 옥토끼처럼 고마운 잠이나
들자.
　　청(靑)만틀[33] 깃자락에 마담 R의 고달픈 뺨이 불

─────────────────

32) 세토나이카이. 일본 혼슈(本州) 서부와 규슈(九州)·시코쿠(四國)에 에워싸인
　　내해.

그레 피었다, 고운 석탄불처럼 이글거린다.

　당치도 않은 어린아이 잠재기 노래를 부르심은 무
슨 뜻이뇨?

　잠 들어라.
　가여운 내 아들아.
　잠 들어라.

　나는 아들이 아닌 것을, 윗수염 자리 잡혀가는, 어
린 아들이 버얼써 아닌 것을.
　나는 유리쪽에 갑갑한 입김을 비추어 내가 제일
좋아하는 이름이나 그시며 가 자.

---

33) mantle, 망토(manteau).

나는 늬긋늬긋한 가슴을 밀감쪽으로나 씻어 내리자.

대수풀 울타리마다 요염한 관능과 같은 홍춘(紅
椿)이 피맺혀 있다.
마당마다 솜병아리 털이 폭신폭신하고,
지붕마다 연기도 아니 뵈는 햇볕이 타고 있다.
오오, 개인 날씨야, 사랑과 같은 어질머리야, 어질
머리야.

청(靑)만틀 깃자락에 마담 R의 가여운 입술이 여
태껏 떨고 있다.
누나다운 입술을 오늘이야 실컷 절하며 갚노라.
나는 언제든지 슬프기는 슬프나마,
오오, 나는 차보다 더 날아가려지는 아니하련다.

황마차(幌馬車)34)

    이제 마악 돌아 나가는 곳은 시계집 모퉁이, 낮에는 처마 끝에 달아 맨 종달새란 놈이 도회바람에 나이를 먹어 조금 연기 끼인 듯한 소리로 사람 흘러 나려가는 쪽으로 그저 지줄지줄거립데다.

    그 고달픈 듯이 깜박깜박 졸고 있는 모양이─가여운 잠의 한점이랄지요─붙일 데 없는 내 맘에 떠오릅니다. 쓰다듬어 주고 싶은, 쓰다듬을 받고 싶은 마음이올시다. 가엾은 내 그림자는 검은 상복처럼 지향 없이 흘러 나려갑니다. 촉촉이 젖은 리본 떨어진 낭만풍의 모자 밑에는 금붕어의 분류(奔流)35)와 같은 밤경치가 흘러 나려갑니다. 길옆에 늘어선 어

---

34) 포장마차.
35) 내달리듯이 아주 빠르고 세차게 흐름. 또는 그런 물줄기.

린 은행나무들은 이국 척후병의 걸음제로 조용히
흘러 나려갑니다.

　　슬픈 은(銀) 안경이 흐릿하게
　　밤비는 옆으로 무지개를 그린다.

　　이따금 지나가는 늦은 전차가 끼이익 돌아 나가는
소리에 내 조고만 혼이 놀란 듯이 파닥거리나이다.
가고 싶어 따뜻한 화롯가를 찾아가고 싶어. 좋아하
는 코―란 경을 읽으면서 남경(南京)콩이나 까먹고
싶어, 그러나 나는 찾아 돌아갈 데가 있을라구요?

　　네거리 모퉁이에 씩 씩 뽑아 올라간 붉은 벽돌집
탑에서는 거만스런 12시가 피뢰침에게 위엄 있는 손

가락을 치어들었소. 이제야 내 모가지가 쭐 뺏 떨어질 듯도 하구려. 솔잎새 같은 모양새를 하고 걸어가는 나를 높다란 데서 굽어보는 것은 아주 재미있을 게지요. 마음놓고 술술 소변이라도 볼까요. 헬멧 쓴 야경순사가 필름처럼 쫓아오겠지요!

네거리 모퉁이 붉은 담벼락이 흠씩 젖었소. 슬픈 도회의 뺨이 젖었소. 마음은 열없이 사랑의 낙서를 하고 있소. 홀로 글썽글썽 눈물짓고 있는 것은 가엾은 소—냐의 신세를 비추는 빨간 전등의 눈알이외다. 우리들의 그 전날 밤은 이다지도 슬픈지요. 이다지도 외로운지요. 그러면 여기서 두 손을 가슴에 여미고 당신을 기다리고 있으리까?

길이 아주 질어 터져서 뱀 눈알 같은 것이 반짝반짝거리고 있소. 구두가 어찌나 크던동 걸어가면서 졸음이 오십니다. 진흙에 착 붙어버릴 듯하오. 철없이 그리워 동그스레한 당신의 어깨가 그리워. 거기에 내 머리를 대이면 언제든지 머언 따뜻한 바다 울음이 들려오더니……

……아아, 아무리 기다려도 못 오실 이를……

기다려도 못 오실 이 때문에 졸리운 마음은 황마차(幌馬車)를 부르노니, 휘파람처럼 불려 오는 황마차를 부르노니, 은으로 만들은 슬픔을 실은 원앙새 털 깔은 황마차, 꼬옥 당신처럼 참한 황마차, 찰 찰 찰 황마차를 기다리노니.

새빨간 기관차

느으릿 느으릿 한눈파는 겨를에
사랑이 수이 알아질까도 싶구나.
어린 아이야, 달려가자,
두 **뺨**에 피어오른 어여쁜 불이
일찍 꺼져 버리면 어찌하자니?
줄달음질쳐 가자.
바람은 휘잉. 휘잉.
만틀 자락에 몸이 떠오를 듯.
눈보라는 풀. 풀.
붕어 새끼 꾀어내는 모이 같다.
어린아이야, 아무것도 모르는
새빨간 기관차처럼 달려가자!

호수 1

얼굴 하나야
손바닥 둘로
폭 가리지만,

보고 싶은 마음
호수만하니
눈감을 밖에.

달

선뜻! 뜨인 눈에 하나 차는 영창
달이 이제 밀물처럼 밀려오다.

미욱한 잠과 베개를 벗어나
부르는 이 없이 불려 나가다.

※

한밤에 홀로 보는 나의 마당은
호수같이 둥긋이 차고 넘치노나.

쪼그리고 앉은 한옆에 흰 돌도
이마가 유달리 함초롬 고와라.

연연턴 녹음, 수묵색으로 짙은데
한창때 곤한 잠인 양 숨소리 설키도다.

비둘기는 무엇이 궁거워 구구 우느뇨,
오동나무 꽃이야 못 견디게 향그럽다.

절정

석벽에는

주사(朱砂)36)가 찍혀 있소.

이슬 같은 물이 흐르오.

나래 붉은 새가

위태한 데 앉아 따 먹으오.

산포도 순이 지나갔소.

향그런 꽃뱀이

고원 꿈에 옴치고 있소.

거대한 주검 같은 장엄한 이마,

기후조(氣候鳥)37)가 첫 번 돌아오는 곳,

상현달이 사라지는 곳,

---

36) 수은으로 이루어진 황화 광물. 육방 정계에 속하며 진한 붉은색을 띠고 다이아
몬드 광택이 난다. 흔히 덩어리 모양으로 점판암, 혈암, 석회암 속에서 나며
수은의 원료, 붉은색 안료(顔料), 약재로 쓴다.
37) 철새.

쌍무지개 다리 디디는 곳,
아래서 볼 때 오리온성좌와 키가 나란하오.
나는 이제 상상봉에 섰소.
별 만한 흰 꽃이 하늘대오.
민들레 같은 두 다리 간조롱해지오.
해 솟아오르는 동해ㅡ
바람에 향하는 먼 기폭처럼
뺨에 나부끼오.

풍랑몽(風浪夢) 1

당신께서 오신다니
당신은 어찌나 오시려십니까.

끝없는 울음바다를 안으올 때
포도 빛 밤이 밀려오듯이,
그 모양으로 오시려십니까.

당신께서 오신다니
당신은 어찌나 오시려십니까.

물 건너 외딴 섬, 은회색 거인이
바람 사나운 날, 덮쳐 오듯이,
그 모양으로 오시려십니까.

당신께서 오신다니
당신은 어쩌나 오시려십니까.

창 밖에는 참새 떼 눈초리 무거웁고
창 안에는 시름겨워 턱을 고일 때,
은고리 같은 새벽달
부끄럼성스런 낯가림을 벗듯이,
그 모양으로 오시려십니까.

외로운 졸음, 풍랑에 어리울 때
앞 포구에는 궂은 비 자욱이 들리고
행선 배 북이 웁니다, 북이 웁니다.

말 1

청대나무 뿌리를 우여어차! 잡아 뽑다가 궁둥이를 찧었네.

짠 조수물에 흠뻑 불리어 휙 휙 내두르니 보랏빛으로 피어오른 하늘이 만만하게 비어진다.

채축[38]에서 바다가 운다.

바다 위에 갈매기가 흩어진다.

오동나무 그늘에서 그리운 양 졸리운 양한 내 형제 말님을 잦아갔지.[39]

〈형제여, 좋은 아침이오.〉

말님 눈동자에 엊저녁 초사흘 달이 하릿하게 돌아간다.

---

38) 채찍.
39) '찾아갔지'의 오기로 추정.

〈형제여 뺨을 돌려대소. 왕왕.〉

말님의 하이얀 이빨에 바다가 시리다.
푸른 물 들 듯한 어덕⁴⁰⁾에 햇살이 자개처럼 반짝
거린다.
〈형제여, 날씨가 이리 휘영청 개인 날은 사랑이
부질없어라.〉

바다가 치마폭 잔주름을 잡아온다.
〈형제여, 내가 부끄러운 데를 싸매었으니
그대는 코를 불으라.〉

---

40) '언덕'의 방언.

구름이 대리석 빛으로 퍼져 나간다.
채축이 번뜻 배암을 그린다.
〈오호! 호! 호! 호! 호! 호! 호!〉

말님의 앞발이 뒷발이요 뒷발이 앞발이라.
바다가 네 귀로 돈다.
쉿! 쉿! 쉿!
말님의 발이 여덟이요 열여섯이라.
바다가 이리떼처럼 짖으며 온다.

쉿! 쉿! 쉿!
어깨 위로 넘어 닿는 마파람이 휘파람을 불고
물에서 뭍에서 팔월이 퍼덕인다.

〈형제여, 오오, 이 꼬리 긴 영웅이야!〉
〈날씨가 이리 휘영청 개인 날은 곱슬머리가 자랑스럽
소라!〉

말 2

까치가 앞서 날고,

말이 따라가고,

바람 소올, 소올, 물소리 쫄 쫄 쫄,

유월 하늘이 동그라하다, 앞에는 퍼언한 벌,

아아, 사방이 우리나라로구나.

아아, 위통 벗기 좋다, 휘파람 불기 좋다. 채찍이
돈다, 돈다, 돈다, 돈다.

말아,

누가 났나? 너를. 너는 몰라.

말아,

누가 났나? 나를. 내도 몰라.

너는 시골 듬에서

사람스런 숨소리를 숨기고 살고

내사 대처 한복판에서

말스런 숨소리를 숨기고 다 자랐다.

시골로나 대처로나 가나 오나

양친 못 보아 서럽더라.

말아,

메아리 소리 쩌르렁! 하게 울어라,

슬픈 놋방울 소리 맞춰 내 한마디 할라니.

해는 하늘 한복판, 금빛 해바라기가 돌아가고,

파랑콩 꽃타리 하늘대는 두둑 위로

머언 흰 바다가 치어드네.

말아,

가자, 가자니. 고대(古代)와 같은 나그네길 떠나가자.

말은 간다.

까치가 따라온다.

바다 1

오·오·오·오·오· 소리치며 달려가니
오·오·오·오·오· 연달아서 몰아온다.

간밤에 잠 살포시
머언 뇌성이 울더니,

오늘 아침 바다는
포도 빛으로 부풀어졌다.

철석, 처얼석, 철석, 처얼석, 철석,
제비 날아들 듯 물결 사이사이로 춤을 추어.

바다 5

바둑돌은
내 손아귀에 만져지는 것이
퍽은 좋은가 보아.

그러나 나는
푸른 바다 한복판에 던졌지.

바둑돌은
바다로 거꾸로 떨어지는 것이
퍽은 신기한가 보아.

당신도 인제는
나를 그만만 만지시고,
귀를 들어 팽개를 치십시오.

나라는 나도
바다로 거꾸로 떨어지는 것이
픽은 시원해요.

바둑돌의 마음과
이내 심사는
아아무도 모르지라요.

해바라기 씨

해바라기 씨를 심자.
담모롱이 참새 눈 숨기고
해바라기 씨를 심자.

누나가 손으로 다지고 나면
바둑이가 앞발로 다지고
괭이가 꼬리로 다진다.

우리가 눈감고 한밤 자고 나면
이슬이 나려와 같이 자고 가고,

우리가 이웃에 간 동안에
햇빛이 입 맞추고 가고,

해바라기는 첫 시악시인데
사흘이 지나도 부끄러워
고개를 아니 든다.

가만히 엿보러 왔다가
소리를 깩! 지르고 간 놈이—

오오, 사철나무 잎에 숨은
청개구리 고놈이다.

산 너머 저쪽

산 너머 저쪽에는
누가 사나?

뻐꾸기 영 위에서
한나절 울음 운다.

산 너머 저쪽에는
누가 사나?

철나무 치는 소리만
서로 맞아 쩌 르 렁!

산 너머 저쪽에는
누가 사나?

늘 오던 바늘 장수도
이 봄 들며 아니 뵈네.

홍시

어저께도 홍시 하나.
오늘에도 홍시 하나.

까마귀야. 까마귀야.
우리 남게[41] 왜 앉았나.

우리 오빠 오시걸랑.
맛 뵐라구 남겨 뒀다.

후락 딱 딱
훠이 훠이!

---

41) 나무에.

무서운 시계

오빠가 가시고 난 방 안에
숯불이 박꽃처럼 새워 간다.

산모루 돌아가는 차, 목이 쉬어
이 밤사 말고 비가 오시려나?

망토 자락을 여미며 여미며
검은 유리만 내어다보시겠지!

오빠가 가시고 나신 방 안에
시계 소리 서마서마 무서워.

삼월 삼짇날

중, 중, 때때 중,
우리 애기 까까머리.

삼월 삼짇날,
질나라비, 훨, 훨,
제비새끼, 훨, 훨,

쑥 뜯어다가
개피떡 만들어
호, 호, 잠들여 놓고
냠, 냠, 잘도 먹었다.

중, 중, 때때 중,
우리 애기 상제로 사갑소.

딸레

딸레와 쬐그만 아주머니,
앵도나무 밑에서
우리는 늘 셋 동무.

딸레는 잘못하다
눈이 멀어 나갔네.

눈 먼 딸레 찾으러 갔다 오니
쬐그만 아주머니마저
누가 데려갔네.

방울 혼자 흔들다
나는 싫어 울었다.

산소

서낭산골 시오리 뒤로 두고
어린 누이 산소를 묻고 왔소.
해마다 봄바람 불어를 오면,
나들이 간 집새 찾아가라고
남먼히 피는 꽃을 심고 왔소.

종달새

삼동내— 얼었다 나온 나를
종달새 지리 지리 지리리……

왜 저리 놀려 대누.

어머니 없이 자란 나를
종달새 지리 지리 지리리……

왜 저리 놀려 대누.

해 바른 봄날 한종일 두고
모래톱에서 나 홀로 놀자.

병

부엉이 울던 밤
누나의 이야기―

파랑 병 깨치면
금시 파랑 바다.

빨강 병 깨치면
금시 빨강 바다.

뻐꾸기 울던 날
누나 시집갔네―

파랑 병을 깨뜨려
하늘 혼자 보고.

빨강 병을 깨뜨려
하늘 혼자 보고.

할아버지

할아버지가
담뱃대를 물고
들에 나가시니,
궂은 날도
곱게 개이고,

할아버지가
도롱이를 입고
들에 나가시니,
가문 날도
비가 오시네.

말 1

말아, 다락 같은 말아,
너는 점잔도 하다마는
너는 왜 그리 슬퍼 뵈니?
말아, 사람 편인 말아,
검정콩 푸렁콩을 주마.

※

이 말은 누가 난 줄도 모르고
밤이면 먼 데 달을 보며 잔다.

산에서 온 새

새삼나무 싹이 튼 담 위에
산에서 온 새가 울음 운다.

산엣 새는 파랑 치마 입고.
산엣 새는 빨강 모자 쓰고.

눈에 아름아름 보고 지고.
발 벗고 간 누이 보고 지고.

따순 봄날 이른 아침부터
산에서 온 새가 울음 운다.

바람

바람.

바람.

바람.

너는 내 귀가 좋으냐?

너는 내 코가 좋으냐?

너는 내 손이 좋으냐?

내사 왼통 빨개졌네.

내사 아무치도 않다.

호 호 칩어라 구보로!

기차

할머니
무엇이 그리 슬어 우십나?
울며 울며
녹아도(鹿兒島)[42]로 간다.

해어진 왜포[43] 수건에
눈물이 함촉,
영! 눈에 어른거려
기대도 기대도
내 잠 못 들겠소.

내도 이가 아파서

---

42) 가고시마.
43) 광목.

고향 찾아가오.

배추꽃 노란 사월 바람을
기차는 간다고
악 물며 악물며 달린다.

고향

고향에 고향에 돌아와도
그리던 고향은 아니러뇨.

산꿩이 알을 품고
뻐꾸기 제철에 울건만,

마음은 제 고향 지니지 않고
머언 항구로 떠도는 구름.

오늘도 뫼 끝에 홀로 오르니
흰 점 꽃이 인정스레 웃고,
어린 시절에 불던 풀피리 소리 아니 나고
메마른 입술에 쓰디쓰다.

고향에 고향에 돌아와도
그리던 하늘만이 높푸르구나.

산엣 색시 들녘 사내

산엣 새는 산으로,
들녘 새는 들로.
산엣 색시 잡으러
산에 가세.

작은 재를 넘어서서,
큰 봉엘 올라서서,

〈호−이〉
〈호−이〉

산엣 색시 날래기가
표범 같다.

치달려 달아나는
산엣 색시,
활을 쏘아 잡었습나?

아아니다,
들녘 사내 잡은 손은
차마 못 놓더라.

산엣 색시,
들녘 쌀을 먹였더니
산엣 말을 잊었습데.

들녘 마당에
밤이 들어,

활 활 타오르는 화톳불 넘
너머다 보면—

들녘 사내 선웃음 소리
산엣 색시
얼굴 와락 붉었더라.

내 맘에 맞는 이

당신은 내 맘에 꼭 맞는 이.
잘난 남보다 조그맣지만
어리둥절 어리석은 척
옛 사람처럼 사람 좋게 웃어 좀 보시오.
이리 좀 돌고 저리 좀 돌아보시오.
코 쥐고 뺑뺑이 치다 절 한 번만 합쇼.

호. 호. 호. 호. 내 맘에 꼭 맞는 이.

큰 말 타신 당신이
쌍무지개 홍예문 틀어 세운 벌로
내달리시면

나는 산날맹이 잔디밭에 앉아

기[口令]를 부르지요.

〈앞으로-가. 요.〉
〈뒤로-가. 요.〉

키는 후리후리. 어깨는 산 고개 같아요.
호. 호. 호. 호. 내 맘에 맞는 이.

불사조

비애! 너는 모양할 수도 없도다.
너는 나의 가장 안에서 살았도다.

너는 박힌 화살, 날지 않는 새,
나는 너의 슬픈 울음과 아픈 몸짓을 지니노라.

너를 돌려보낼 아무 이웃도 찾지 못하였노라.
　은밀히 이르노니─〈행복〉이 너를 아주 싫어하
더라.

　너는 짐짓 나의 심장을 차지하였더뇨?
　비애! 오오 나의 신부! 너를 위하여 나의 창(窓)과
웃음을 닫았노라.

이제 나의 청춘이 다한 어느 날 너는 죽었도다.
그러나 나를 묻은 아무 석문(石門)도 보지 못하였
노라.

스스로 불탄 자리에서 나래를 펴는
오오 비애! 너의 불사조 나의 눈물이여!

은혜

회한도 또한
거룩한 은혜.

깁실[44]인 듯 가늘은 봄볕이
골에 굳은 얼음을 쪼개고,

바늘 같이 쓰라림에
솟아 동그는 눈물!

귀 밑에 아른거리는
요염한 지옥불을 끄다.

---

44) 견사(絹紗).

간곡한 한숨이 뉘게로 사모치느뇨?
질식한 영혼에 다시 사랑이 이슬 내리도다.

회한에 나의 해골을 담그고저.
아아 아프고저!

임종

나의 임종하는 밤은
귀뚜리 하나도 울지 말라.

나중 죄를 들으신 신부는
거룩한 산파처럼 나의 영혼을 가르시라.

성모 취결례(聖母就潔禮)[45] 미사 때 쓰고 남은 황
촉불!

담 머리에 숨은 해바라기 꽃과 함께
다른 세상의 태양을 사모하며 돌아라.

---

45) 聖母取潔禮. 예수 봉헌 축일.

영원한 나그네길 노자로 오시는
성 주 예수의 쓰신 원광!
나의 영혼에 칠색(七色)의 무지개를 심으시라.

나의 평생이요 나중인 괴롬!
사랑의 백금 도가니에 불이 되라.

달고 달으신 성모의 이름 부르기에
나의 입술을 타게 하라.

장수산 1

    벌목정정(伐木丁丁)이랬거니 아름드리 큰 솔이 베어짐직도 하이 골이 울어 메아리 소리 쩌르렁 돌아옴직도 하이 다람쥐도 좇지 않고 멧새도 울지 않아 깊은 산 고요가 차라리 **뼈**를 저리우는데 눈과 밤이 종이보담 희고녀! 달도 보름을 기다려 흰 뜻은 한밤이 골을 걸음이란다? 윗절 중이 여섯 판에 여섯 번 지고 웃고 올라간 뒤 조찰히⁴⁶⁾ 늙은 사나이의 남긴 내음새를 줍는다? 시름은 바람도 일지 않는 고요에 심히 흔들리우노니 오오 견디란다 차고 올연(兀然)히⁴⁷⁾ 슬픔도 꿈도 없이 장수산(長壽山) 속 겨울 한밤 내ㅡ

---

46) 조찰히. 아담하고 깨끗이.
47) 올연(兀然). 홀로 우뚝한 모양.

장수산 2

　풀도 떨지 않는 돌산이오 돌도 한 덩이로 열두 골을 고비고비 돌았어라 찬 하늘이 골마다 따로 씨우었고 얼음이 굳이 얼어 디딤돌이 믿음직하이 꿩이 기고 곰이 밟은 자국에 나의 발도 놓이노니 물소리 귀뚜리처럼 직직(喞喞)[48]하놋다. 피락 마락하는 햇살에 눈 위에 눈이 가리어 앉다. 흰 시울 아래 흰 시울이 눌리어 숨 쉬는다 온 산중 내려앉은 휙진 시울들이 다치지 안히! 나도 내더져 앉다 일찍이 진달래꽃 그림자에 붉었던 절벽 보이한 자리 위에!

---

48) 풀벌레가 우는 소리.

백록담

1

절정에 가까울수록 뻐꾹채⁴⁹⁾ 꽃 키가 점점 소모 (消耗)된다. 한 마루 오르면 허리가 슬어지고 다시 한 마루 위에서 모가지가 없고 나중에는 얼굴만 갸 옷 내다본다. 화문(花紋)처럼 판 박힌다. 바람이 차 기가 함경도 끝과 맞서는 데서 뻐꾹채 키는 아주 없 어지고도 팔월 한철엔 흩어진 성신(星辰)처럼 난만 하다. 산 그림자 어둑어둑하면 그러지 않아도 뻐꾹 채 꽃밭에서 별들이 켜든다. 제자리에서 별이 옮긴 다. 나는 여기서 기진했다.

---

49) 국화과의 여러해살이풀.

2

암고란(巖古蘭),[50] 환약같이 어여쁜 열매로 목을 축이고 살아 일어섰다.

3

백화(白樺)[51] 옆에서 백화(白樺)가 촉루가 되기까지 산다. 내가 죽어 백화(白樺)처럼 흴 것이 숭없지 않다.

---

50) 시로미. 시로밋과의 상록 관목.
51) 자작나무.

4

귀신도 쓸쓸하여 살지 않는 한 모롱이, 도체비꽃이 낮에 혼자 무서워 파랗게 질린다.

5

바야흐로 해발 육천 척 위에서 마소가 사람을 대수롭게 아니 여기고 산다. 말이 말끼리 소가 소끼리, 망아지가 어미 소를 송아지가 어미 말을 따르다가 이내 헤어진다.

6

첫 새끼를 낳노라고 암소가 몹시 혼이 났다. 얼결에 산길 백 리를 돌아 서귀포로 달아났다. 물도 마르기 전에 어미를 여읜 송아지는 움매— 움매— 울었다. 말을 보고도 등산객을 보고도 마구 매어달렸다. 우리 새끼들도 모색(毛色)이 다른 어미한테 맡길 것을 나는 울었다.

7

풍란이 풍기는 향기, 꾀꼬리 서로 부르는 소리, 제주 휘파람새 휘파람 부는 소리, 돌에 물이 따로 구르는 소리, 먼 데서 바다가 구길 때 솨— 솨—솔소리, 물푸레 동백 떡갈나무 속에서 나는 길을 잘못 들었다가 다시 칡넌출[52] 기어간 흰돌바기 고부랑길로 나섰다. 문득 마주친 아롱점말이 피하지 않는다.

8

고비 고사리 더덕 순 도라지꽃 취 삿갓나물 대풀 석이(石茸) 별과 같은 방울을 달은 고산 식물을 색이며 취하며 자며 한다. 백록담 조촐한 물을 그리어 산맥 위에서 짓는 행렬이 구름보다 장엄하다. 소나

---

52) 넌출. 길게 뻗어 나가 늘어진 식물의 줄기. 등의 줄기, 다래의 줄기, 칡의 줄기 따위이다.

기 놋낫 맞으며 무지개에 말리우며 궁둥이에 꽃물
이겨 붙인 채로 살이 붓는다.

9

가재도 기지 않는 백록담 푸른 물에 하늘이 돈다.
불구에 가깝도록 고단한 나의 다리를 돌아 소가 갔
다. 쫓겨온 실구름 일말에도 백록담은 흐리운다. 나
의 얼굴에 한나절 포긴 백록담은 쓸쓸하다. 나는 깨
다 졸다 기도조차 잊었더니라.

비로봉

담장이
물들고,

다람쥐 꼬리
숱이 짙다.

산맥 위의
가을 길—

이마 바르히
해도 향그로워

지팽이
자진 마짐

흰들[53]이
우놋다.

백화(白樺) 홀홀
허울 벗고,

꽃 옆에 자고
이는 구름,

바람에
아시우다.

---

53) '흰 돌'의 오기로 추정.

구성동(九城洞)

골짝에는 흔히
유성이 묻힌다.

황혼에
누뤼가 소란히 쌓이기도 하고,

꽃도
귀양 사는 곳,

절터더랬는데
바람도 모이지 않고

산그림자도 설핏하면
사슴이 일어나 등을 넘어간다.

옥류동

골에 하늘이
따로 트이고,

폭포소리 하잔히[54]
봄 우뢰를 울다.

날가지 겹겹이
모란꽃잎 포개이는 듯.

자위 돌아 사풋 질듯
위태로이 솟은 봉우리들.

---

54) 잔잔하고 한가롭게.

골이 속 속 접히어들어
이내[晴嵐]가 새포롬 서그럭거리듯 숫도림.

꽃가루 묻힌 양 날아올라
나래 떠는 해.

보랏빛 햇살이
폭 지어 빗겨 걸치이매,

기슭에 약초들의
소란한 호흡!

들새도 날아들지 않고
신비가 한껏 저자 선 한낮.

물도 젖어지지 않아
흰 돌 위에 따로 구르고,

다가 스미는 향기에
길초마다 옷깃이 매워라.

귀뚜리도
흠식한 양

옴짓
아니 긴다.

조찬

햇살 피어
이윽한 후,

머흘 머흘
골을 옮기는 구름.

길경(桔梗)[55] 꽃봉오리
흔들려 씻기우고.

차돌부터
촉 촉 죽순 돋듯.

---

55) 도라지.

물소리에
이가 시리다.

앉음새 가리어
양지쪽에 쪼그리고,

서러운 새 되어
흰 밥알을 쪼다.

비

돌에
그늘이 차고,

따로 몰리는
소소리바람.[56]

앞섰거니 하야
꼬리 치날리어 세우고,

종종 다리 까칠한
산새 걸음걸이.

---

56) 1. 이른 봄에 살 속으로 스며드는 듯한 차고 매서운 바람. 2. '회오리바람'의
    방언(전남, 충청).

여울 지어
수척한 흰 물살,

갈가리
손가락 펴고.

멎은 듯
새삼 듣는 빗낯

붉은 잎 잎
소란히 밟고 간다.

인동차

노주인의 장벽(腸壁)에
무시로 인동 삼긴 물이 나린다.

자작나무 덩그럭 불이
도로 피어 붉고,

구석에 그늘 지어
무가 순 돋아 파릇하고,

흙냄새 훈훈히 김도 서리다가
바깥 풍설(風雪)소리에 잠착하다.57)

---

57) 참척하다. 한 가지 일에만 정신을 골똘하게 쓰다.

산중에 책력도 없이
삼동(三冬)이 하이얗다.

꽃과 벗

석벽 깎아지른
안돌이58) 지돌이59),
한나절 기고 돌았기
이제 다시 아슬아슬하고나.

일곱 걸음 안에
벗은, 호흡이 모자라
바위 잡고 쉬며 쉬며 오를 제,
산꽃을 따,

나의 머리며 옷깃을 꾸미기에,
오히려 바빴다.

---

58) 험한 벼랑길에서 바위 같은 것을 안고 겨우 돌아가게 된 곳.
59) 험한 산길에서 바위 같은 것에 등을 대고 겨우 돌아가게 된 곳.

나는 번인(蕃人)[60]처럼 붉은 꽃을 쓰고,
약하여 다시 위엄스런 벗을
산길에 따르기 한결 즐거웠다.

새소리 끊인 곳,
흰 돌 이마에 회돌아 서는 다람쥐 꼬리로
가을이 짙음을 보았고,

가까운 듯 폭포가 하잔히[61] 울고,
메아리 소리 속에
돌아져 오는
벗의 부름이 더욱 좋았다.

---

60) 야만인.
61) 잔잔하고 한가롭게.

삽시 엄습해 오는
빗낯을 피하여,
짐승이 버리고 간 석굴을 찾아들어,
우리는 떨며 주림을 의논하였다.

백화(白樺) 가지 건너
짙푸르러 찡그린 먼 물이 오르자,
꼬아리같이 붉은 해가 잠기고,

이제 별과 꽃 사이
길이 끊어진 곳에
불을 피고 누웠다.

낙타털 케트62)에
구기인 채
벗은 이내 나비같이 잠들고,

높이 구름 위에 올라,
나룻이 잡힌 벗이 도리어
아내같이 예쁘기에,
눈뜨고 지키기 싫지 않았다.

---

62) 킷(kit).

폭포

산골에서 자란 물도
돌 베람빡 낭떠러지에서 겁이 났다.

눈뎅이 옆에서 졸다가
꽃나무 아래로 우정[63] 돌아

가재가 기는 골짝
죄그만 하늘이 갑갑했다.

갑자기 호숩어질라니
마음 조일 밖에.

---

63) '일부러'의 방언.

흰 발톱 갈가리
앙증스레도 할퀸다.

어쨌든 너무 재재거린다.
나려질리자 쭐뼷 물도 단번에 감수했다.

심심산천에 고사리밥
모조리 졸리운 날

송화가루
노랗게 날리네.

산수 따라온 신혼 한 쌍
앵두같이 상기했다.

돌뿌리 뾰죽뾰죽 무척 고부라진 길이
아기자기 좋아라 왔지!

하인리히 하이네 적부터
동그란 오오 나의 태양도

겨우 끼리끼리의 발꿈치를
조롱조롱 한나절 따라왔다.

산간에 폭포수는 암만해도 무서워서
기염기염 기며 나린다.

온정(溫井)

그대 함께 한나절 벗어 나온 그 머흔 골짜기 이제 바람이 차지하는다 앞 나무의 곱은 가지에 걸리어 파람 부는가 하니 창을 바로 치놓다 밤 이윽자 화롯불 아쉬워지고 촛불도 추위 타는 양 눈썹 아사리느니 나의 눈동자 한밤에 푸르러 누운 나를 지키는다 푼푼한 그대 말씨 나를 이내 잠들이고 옮기셨는다 조찰한 베개로 그대 예시니 내사 나의 슬기와 외롬을 새로 고를 밖에! 땅을 쪼개고 솟아 고이는 태고로 한양 더운 물 어둠 속에 홀로 지적거리고 성긴 눈이 별도 없는 거리에 날리어라.

삽사리

　그날 밤 그대의 밤을 지키던 삽사리 괴임[64]직도 하이 짙은 울 가시 사립 굳이 닫히었거니 덧문이요 미닫이오 안의 또 촛불 고요히 돌아 환히 새우었거니 눈이 키로 쌓인 고샅길 인기척도 아니하였거니 무엇에 후젓허든 맘 못 놓이길래 그리 짖었더라니 얼음 아래 잔돌 사이 뚫노라 죄죄대던 개울물 소리 기어들세라 큰 봉을 돌아 둥그레 둥긋이 넘쳐 오던 이윽달도 선뜻 나려 설세라 이저리 서대던 것이러냐 삽사리 그리 굴음직도 하이 내사 그멜 새레 그대 것엔들 닿을 법도 하리 삽사리 짖다 이내 허울한 나룻 도사리고 그대 벗으신 고운 신이마 위하며 자더니라.

---

64) 굄. 유난히 귀엽게 여겨 사랑함.

나비

시키지 않는 일이 서둘러 하고 싶기에 난로에 싱
싱한 물푸레 갈아 지피고 등피(燈皮)[65] 호 호 닦아
끼우어 심지 튀기니 불꽃이 새록 돋다 미리 떼고 걸
고 보니 캘린더 이튿날 날짜가 미리 붉다 이제 차츰
밟고 넘을 다람쥐 등솔기같이 구부레 뻗어나갈 연
봉(連峯) 산맥 길 위에 아슬한 가을 하늘이여 초침
소리 유달리 뚝닥거리는 낙엽 벗은 산장 밤 창유리
까지에 구름이 드뉘니 후 두 두 두 낙수 짓는 소리
크기 손바닥만한 어인 나비가 따악 붙어 들여다본
다 가엾어라 열리지 않는 창 주먹 쥐어 징징 치니
날을 기식(氣息)도 없이 네 벽이 도리어 날개와 편
다 해발 오천 척 위에 떠도는 한 조각 비 맞은 환상

---

65) 등불이 꺼지지 않도록 바람을 막고 불빛을 밝게 하기 위하여 남포등에 씌우는
유리로 만든 물건.

호흡하노라 서툴리 붙어 있는 이 자재화(自在畵) 한 폭은 활 활 불 피워 담기어 있는 이상스런 계절이 몹시 부러웁다 날개가 찢어진 채 검은 눈을 잔나비처럼 뜨지나 않을까 무서워라 구름이 다시 유리에 바위처럼 부서지며 별도 휩쓸려 나려가 산 아래 어느 마을 위에 총총하뇨 백화(白樺)숲 희부옇게 어정거리는 절정 부유스름하기 황혼 같은 밤.

진달래

한 골에서 비를 보고 한 골에서 바람을 보다 한 골에 그늘 딴 골에 양지 따로따로 갈아 밟다 무지개 햇살에 빗걸린 골 산벌떼 두름박 지어 위잉위잉 두르는 골 잡목수풀 누릇불긋 어우러진 속에 감초혀 낮잠 듭신 츰범 냄새 가장자리를 돌아 어마어마 기어 살아나온 골 산봉에 올라 별보다 깨끗한 돌을 드니 백화가지 위에 하도 푸른 하늘…… 포르르 풀매…… 온 산중 홍엽이 수런수런거린다 아랫절 불켜지 않은 장방에 들어 목침을 달구어 발바닥 꼬아리를 슴슴 지지며 그제사 범의 욕을 그놈 저놈하고 이내 누웠다 바로 머리맡에 물소리 흘리며 어느 한 곬으로 빠져나가다가 난데없는 철 아닌 진달래 꽃 사태를 만난 나는 만신(萬身)을 붉히고 서다.

호랑나비

화구를 메고 산을 첩첩 들어간 후 이내 종적이 묘
연하다 단풍이 이울고[66] 봉마다 찡그리고 눈이 날
고 영(嶺) 위에 매점은 덧문 속문이 닫히고 삼동(三
冬)내— 열리지 않았다 해를 넘어 봄이 짙도록 눈이
처마와 키가 같았다 대폭(大幅) 캔버스 위에는 목화
송이 같은 한 떨기 지난해 흰 구름이 새로 미끄러지
고 폭포소리 차츰 불고 푸른 하늘 되돌아서 오건만
구두와 안신이 나란히 놓인 채 연애가 비린내를 풍
기기 시작했다 그날 밤 집집 들창마다 석간(夕刊)에
비린내가 끼치었다 박다 태생(搏多胎生)[67] 수수한
과부 흰 얼굴이사 회양 고성 사람들끼리에도 익었
건만 매점 바깥주인 된 화가는 이름조차 없고 송화

---

66) (기)이울다. 꽃이나 잎이 시들다.
67) 일본 규슈 북쪽 후쿠오카 서쪽에 위치한 하카다 태생.

가루 노랗고 뻑 뻑국 고비 고사리 고부라지고 호랑
나비 쌍을 지어 훨훨 청산을 넘고.

유선애상(流線哀傷)

생김생김이 피아노보담 낫다.
얼마나 뛰어난 연미복 맵시냐.

산뜻한 이 신사를 아스팔트 위로 곤돌라인 듯
몰고들 다니길래 하도 딱하길래 하루 청해 왔다.

손에 맞는 품이 길이 아주 들었다.
열고 보니 허술히도 반음 키─가 하나 남았더라.

줄창 연습을 시켜도 이건 철로판에서 밴 소리로구나.
무대로 내보낼 생각을 아예 아니했다.

애초 달랑거리는 버릇 때문에 궂은 날 막 잡아부
렸다.

함초롬 젖어 새초롬하기는새레 회회 떨어 다듬고
나선다.

대체 슬퍼하는 때는 언제길래
아장아장 팩팩거리기가 위주냐.

허리가 모조리 가늘어지도록 슬픈 행렬에 끼여
아주 천연스레 굴던 게 옆으로 솔쳐나자—

춘천 삼백리 벼룻길68)을 냅다 뽑는데
그런 상장(喪章)을 두른 표정은 그만하겠다고 꽥—
꽥—

---

68) 아래가 강가나 바닷가로 통하는 벼랑길.

몇 킬로 휘달리고 나서 거북처럼 흥분한다.
징징거리는 신경방석 위에 소스듬 이대로 견딜 밖에.

쌍쌍이 날아오는 풍경들을 뺨으로 헤치며
내처 살풋 엉긴 꿈을 깨어 진저리를 쳤다.

어느 화원으로 꾀어내어 바늘로 찔렀더니만
그만 호접(胡蝶)69)같이 죽더라.

---

69) 호랑나비.

춘설

문 열자 선뜻!
먼 산이 이마에 차라.

우수절(雨水節) 들어
바로 초하루 아침.

새삼스레 눈이 덮인 뫼뿌리와
서늘읍고 빛난 이마받이하다.

얼음 금가고 바람 새로 따르거니
흰 옷고름 절로 향기로워라.

옹숭거리고 살아난 양이
아아 꿈같기에 설어라.

미나리 파릇한 새순 돋고
옴짓 아니 기던 고기 입이 오물거리는,

꽃피기 전 철 아닌 눈에
핫옷70) 벗고 도로 춥고 싶어라.

_____

70) 솜옷.

소곡

물새도 잠들어 깃을 사리는
이 아닌 밤에,

명수대(明水臺) 바위 틈 진달래꽃
어쩌면 타는 듯 붉으뇨.

오는 물, 가는 물,
내쳐 보내고, 헤어질 물

바람이사 애초 못 믿을 손,
입맞추곤 이내 옮겨 가네.

해마다 제철이면
한 등걸에 핀다기소니,

들새도 날아와
애닲다 눈물짓는 아침엔,

이울어 하롱하롱 지는 꽃잎,
섧지 않으랴, 푸른 물에 실려가기,

아깝고야, 아기자기
한창인 이 봄밤을,

촛불 켜들고 밝히소
아니 붉고 어찌료.

파라솔

연잎에서 연잎 내가 나듯이
그는 연잎 냄새가 난다.

해협을 넘어 옮겨다 심어도
푸르리라, 해협이 푸르듯이.

불시로 상기되는 뺨이
성이 가시다, 꽃이 스스로 괴롭듯.

눈물을 오래 어리우지 않는다.
윤전기 앞에서 천사처럼 바쁘다.

붉은 장미 한 가지 고르기를 평생 삼가리
대개 흰 나리꽃으로 선사한다.

원래 벅찬 호수에 날아들었던 것이라
어차피 헤기는 헤어나간다.

학예회 마지막 무대에서
자포(自暴)스런 백조인 양 흥청거렸다.

부끄럽기도 하나 잘 먹는다
끔찍한 비-프 스테이크 같은 것도!

오피스의 피로에
태엽처럼 풀려왔다.

램프에 갓을 씌우자
도어를 안으로 잠갔다.

기도와 수면의 내용을 알 길이 없다.
포효하는 검은 밤, 그는 조란(鳥卵)처럼 희다.

구기어지는 것 젖는 것이
아주 싫다.

파라솔같이 채곡 접히기만 하는 것은
언제든지 파라솔같이 펴기 위하여—

파충류 동물

시커먼 연기와 불을 뱉으며
소리지르며 달아나는
괴상하고 거ー창한 파충류 동물.

그년에게
내 동정의 결혼반지를 찾으러 갔더니만
그 큰 궁둥이로 떼밀어

……털 크 덕……털 크 덕……

나는 나는 슬퍼서 슬퍼서
심장이 되구요

옆에 앉은 소러시아 눈알 푸른 시악시

〈당신은 지금 어드메로 가십나?〉

······털크덕······털크덕······털크덕······

그는 슬퍼서 슬퍼서
담낭이 되구요
저 기ー드란 쨩골라[71]는 대장(大腸).
뒤처졌는 왜놈은 소장(小腸).
〈이이! 저 다리 털 좀 보아!〉

털크덕······털크덕······털크덕······털크덕······

---

71) 일제 강점기에, 중국 사람을 낮잡는 뜻으로 이르던 말.

유월달 백금 태양 내려 쪼이는 밑에
부글부글 끓어오르는 소화 기관의 망상이여!

자토(赭土)[72] 잡초 백골을 짓밟으며
둘둘둘둘둘둘 달아나는
굉장하게 기—다란 파충류 동물.

---

72) 붉은 흙.

옛 이야기 구절

집 떠나가 배운 노래를
집 찾아오는 밤
논둑길에서 불렀노라.

나가서도 고달프고
돌아와서도 고달폈노라.
열네 살부터 나가서 고달폈노라.

나가서 얻어온 이야기를
닭이 울도록,
아버지께 이르노니—

기름불은 깜박이며 듣고,
어머니는 눈에 눈물을 고이신 대로 듣고

니치대던 어린 누이 안긴 대로 잠들며 듣고
윗방 문설주에는 그 사람이 서서 듣고,

큰 독 안에 실린 슬픈 물같이
속살대는 이 시고을 밤은
찾아온 동네 사람들처럼 돌아서서 듣고,

─그러나 이것이 모두 다
그 예전부터 어떤 시원찮은 사람들이
끝 잇지 못하고 그대로 간 이야기어니

이 집 문고리나, 지붕이나,
늙으신 아버지의 착하디 착한 수염이나,
활처럼 휘어다 붙인 밤하늘이나,

이것이 모두 다
그 예전부터 전하는 이야기 구절일러라.

승리자 김안드레아

새남터 우거진 뽕잎 아래 서서
옛 어른이 실로 보고 일러주신 한 거룩한 이야기
앞에 돌아 나간 푸른 물굽이가 이 땅과 함께 영원
하다면
이는 우리 겨레와 함께 끝까지 빛날 기억이로다.

일천팔백사십육년 구월 십육일
방포 취타하고 포장이 앞서나감에
무수한 흰옷 입은 백성이 결진한 곳에
이미 좌깃대가 높이 살기롭게 솟았더라.

이 지겹고 흉흉하고 나는 새도 자취를 감출 위풍
이 떨치는 군세는
당시 청국 바다에 뜬 법국 병선 대도독 세실리오와

그의 막하 수백을 사로잡아 문죄함이런가?

대체 무슨 사정으로 이러한 어명이 내리었으며
이러한 대국권이 발동하였던고?
혹은 사직의 안위를 범한 대역도나 다스림이었
던고?

실로 군소리도 없는 앓는 소리도 없는 뿔도 없는
조찰한 피를 담은 한 〈양(羊)〉의 목을 베이기 위함
이었도다.
지극히 유순한 〈양(羊)〉이 제대에 오르매
마귀와 그의 영화를 부수기에 백천의 사자떼보다
도 더 영맹하였도다.

대성전 장막이 찢어진 제 천유여 년이었건만

아직도 새로운 태양의 소식을 듣지 못한 죽음 그 늘에 잠긴 동방일우에

또 하나 〈갈보리아 산상의 혈제〉여!

오오 좌깃대에 몸을 높이 달리우고

다시 열두 칼날의 수고를 덜기 위하여 몸을 틀어 다인

오오 지상의 전신 안드레아 김 신부!

일찍이 천주를 알아 사랑한 탓으로 아버지의 위태 한 목숨을 뒤에 두고

그의 외로운 어머니마저 홀로 철화 사이에 숨겨두고

처량히 국금과 국경을 벗어나아간 소년 안드레아!

오문부 이역한등에서 오로지 천주의 말씀을 배우기에 침식을 잊은 신생 안드레아!

빙설과 주림과 설매에 몸을 부치어 요야천리를 건너며
악수73)와 도적의 밀림을 지나 굳이 막으며 죽이기로만 꾀하던
조국 변문을 네 번째 두드린 부제 안드레아!

황해의 거친 파도를 한 짝 목선으로 넘어(오오 위태한 영적74)!)
불같이 사랑한 나라 땅을 밟은 조선 성직자의 장

---

73) 惡獸. 흉악한 짐승.
74) 靈蹟. 신령스러운 사적(史跡). 또는 그런 내력이 있는 곳.

형 안드레아!

  포학한 치도곤[75] 아래 조찰한 骸를 부술지언정
  감사에게 〈소인〉을 바치지 아니한 오백 년 청반
의 후예 안드레아 김대건!

  나라와 백성의 영혼을 사랑한 값으로
  극죄에 결안[76]한 관장을 위하여
  그의 승직을 기구한 관후장자 안드레아!
  표양[77]이 능히 옥졸까지도 놀래인 청년성도 안드
레아!

---

75) 治盜昆. 조선 시대에, 죄인의 볼기를 치는 데 쓰던 곤장의 하나.
76) 結案. 사형할 죄로 결정한 문서.
77) 表樣. 겉모양.

재식이 고금을 누르고
보람도 없이 정교한 세계지도를 그리어
군주와 관장의 눈을 열은 나라의 산 보배 안드레아!

형장의 이슬로 사라질 때까지도
오히려 성교를 가르친 선목자 안드레아!

두 귀에 화살을 박아 체구 그대로 십자가를 이룬
치명자 안드레아!

성주 예수 받으신 성면오독78)을 보람으로
얼굴에 물과 회를 받은 수난자 안드레아!

---

78) 聖面 汚瀆. 예수의 얼굴에 모독을 가함.

성주 예수 성분의 수위를 받으신 그대로 받은 복
자 안드레아!

성주 예수 받으신 거짓 결안을 따라 거짓 결안으
로 죽은 복자 안드레아!

오오 그들은 악한 권세로 죽인
그의 시체까지도 차지하지 못한 그날
거룩한 피가 이미 이 나라의 흙을 조찰히 씻었도다.
외교의 거친 덤불을 밟고 자라나는
주의 포도 다래가
올해에 십삼만 송이!

오오 승리자 안드레아는 이렇듯이 이기었도다.

정지용

(鄭芝溶, 1902.06.20~1950.09.25)

일본식 이름: 大弓修(오유미 오사무)

한국의 대표적 서정시인

아호는 지룡(池龍)

1902년 음력 5월 15일 충청북도 옥천군 옥천면 하계리 출생

1910년 옥천공립보통학교(현재 죽향초등학교) 입학

1913년 동갑인 송재숙과 결혼

1914년 옥천공립보통학교를 졸업

1914년 아버지의 영향으로 로마 가톨릭에 입문하여 '프란치스코'라
　　　　는 세례명을 받음

1918년 휘문고등보통학교 입학(학교성적은 우수했으나 집안이 어려
　　　　워서 교비생(校費生)으로 학교를 다녔다). 박종화·홍사용·정
　　　　백 등과 친구이며, 박팔양 등과 동인지 『요람』을 펴내기도

했으며, 신석우 등과 문우회 활동에 참가하여 이병기·이일·이윤주 등의 지도를 받음

1919년 3.1운동이 일어나자 이선근과 함께 '학교를 잘 만드는 운동'으로 반일(半日)수업제를 요구하는 학생대회를 열었고, 이로 인해 무기정학 처분을 받았다가 박종화·홍사용 등의 구명운동으로 풀려남

1919년 월간종합지 『서광(瑞光)』 창간호에 소설 「3인」(정지용의 유일한 소설이자 첫 작품) 발표

1922년 휘문고등보통학교 졸업하였으며, 휘문고보 출신의 문우회에서 발간한 『휘문(徽文)』의 편집위원을 지냈다. 마포 하류 현석리에서 첫 시작품인 「풍랑몽」을 씀

1923년 4월 휘문고보의 교비생으로 일본 교토에 있는 도시샤대학(同志社大學) 영문과에 입학

1924년 「석류」, 「민요풍 시편」을 씀

1925년 「새빨간 기관차,」 「바다」 등을 씀

1926년 6월 유학생 잡지인 『학조(學潮)』에 「카페 프란스」, 「슬픈 인상화」, 「파충류 동물」 등의 시와 시조, 동요 등을 발표하는 한편, 『신민』, 『어린이』, 『문예시대』에 「다알리아(Dahlia)」, 「홍춘」, 「산에서 온 새」, 「갑판우」, 「바다」 등과 같은 한국

모더니즘 시문학의 맹아 단계를 보여주는 시를 발표하며 문단활동을 시작함

1927년 「벗나무 열매」, 「갈매기」 등 7편의 시를 교토와 옥천을 오가며 씀. 『신민』, 『문예시대』, 『조선지광』, 『청소년』, 『학조』지에 「갑판우」, 「향수」, 「홍춘」, 「따리아」, 「산엣색시 들녁 사내」, 「갑판우」, 「이른봄 아침,」 「바다」 등 30여 편의 시 발표

1928년 『동지사문학』 3호에 일어시 「馬1·2」를 발표

1929년 3월 일본 도시샤대학 영문학과를 윌리엄 블레이크(William Blake)에 관한 논문으로 졸업하고 귀국한 후, 휘문고등보통학교에서 영어교사로 해방이 될 때가지 재직하였다(독립운동가 김도태, 평론가 이헌구, 시조시인 이병기 등과 사귀었다). 12월에 시 「유리창」을 씀

1930년 김영랑·박용철·이하윤 등과 함께 동인지 『시문학』을 창간하고 이곳에 시 「이른봄 아침」, 「경도 압천」, 「유리창」, 「갑판위」, 「호수 1, 2」 발표하였으며, 『시문학』 2호에 「바다 2」, 「피리」, 「저녁 햇살」을 발표

1931년 시 「유리창 2」, 「석류」, 「아침」 발표

1933년 창간된 『가톨릭 청년』 편집고문으로 있으면서 이상(李箱)의

시를 세상에 소개하여 그를 문단에 등단시키기도 하였으며, 그곳에서 다수의 시 「은혜」, 「별」, 「불사조」, 「소묘」, 「해협의 오전 2시」, 「임종」, 「비로봉」, 「시계를 죽임」 등과 산문 등을 발표하였다. 김기림·이효석·이종명·김유영·유치진·조용만·이태준·이무영 등과 구인회에 가담하여 문학 공개강좌 개최와 기관지 『시와 소설』 간행에 참여함

1935년 그 동안 발표했던 시들을 묶어 첫 시집 『정지용 시집』(시문학사)을 출간

1939년 『문장(文章)』의 시 부문 추천위원으로 있으면서 조지훈(趙芝薰)·박두진(朴斗鎭)·박목월(朴木月) 등의 청록파 시인, 그리고 이한직(李漢稷)·박남수(朴南秀) 등을 등단시켰다. 이 시기에는 시뿐 아니라 평론과 기행문 등의 산문도 활발히 발표했다. 그 대표작으로 1939년 2월 『문장』에 「장수산 1·2」, 「인동차」 등을 발표함

1941년 두 번째 시집 『백록담』(문장사) 발간

1942년 시 「이토(異土)」 『국민문학』(4호)에 발표(정지용의 유일한 친일 시)

1945년 해방 후 이화여자대학 교수로 한국어와 라틴어를 강의하였고, 문과과장 역임하였으며, 경향신문의 편집주간으로 활동함

1946년 2월 조선문학가동맹의 아동분과 위원장으로 추대되었으며, 시집 『지용시선(芝溶詩選)』(을유문화사)을 발간

1947년 서울대학교에서 『시경(詩經)』 강의

1948년 대한민국 정부수립 후 이화여자대학교 교수를 사임하고 『문학독본(文學讀本)』(박문서관)을 출간함

1949년 2월 『산문(散文)』(동지사, 「수수어(愁誰語)」, 「다도해기(多島海記)」, 「화문행각(畫文行脚)」 등과 같은 수필류와 시론(詩論) 및 기타 역시(譯詩)와 일반 평문 등으로 편성)을 출간했으며, 6월 국민보도연맹(國民保導聯盟)이 결성된 뒤에는 조선문학가동맹에 참여했던 다른 문인들과 함께 강제로 가입되어 강연 등에 동원되기도 함

1950년 한국전쟁이 일어난 뒤 정인택·김기림·박영희 등과 함께 정치보위부로 끌려가 서대문형무소에 수용되었으며, 북한군에 의해 납북되었다가 평양감옥으로 이감 도중 미군의 동두천 폭격으로 사망

**납북 여부와 사인이 모호하여 한때 이름이 '정X용'으로 표기되고 시가 금기시 되었으나, 1988년 해금되어 국어교과서에도 시 「향수」가 수록되었다.

**시인 정지용은 1920년대~1940년대에 활동했던 시인으로 참신한 이미지와 절제된 시어로 한국 현대시의 성숙에 결정적인 기틀을 마련한 시인이라는 평가를 받는다. 초기엔 모더니즘과 종교적(로마 가톨릭) 경향의 시를 주로 발표하였다. 그러나 이보다는 널리 알려진 작품 「향수」에서 보이듯이 후기엔 서정적이고 한국의 토속적인 이미지즘의 시를 발표함으로써 그만의 시 세계를 평가 받고 있으며 전통지향적 자연시 혹은 산수시라 일컫는다.

**「향수」는 1995년에 통기타 가수인 이동원과 박인수 서울대학교 교수가 듀엣으로 곡을 붙여 불렀으며, 이 노래는 앨범 "그곳이 차마 꿈엔들 잊힐리야"에 실렸다.

**사망 장소와 시기는 정확히 확인되지 않는데, 1953년 평양에서 사망했다고 알려져 있다. 하지만 북한에서 발행하는 『통일신보』는 1993년 4월에 정지용이 1950년 9월 납북 과정에서 경기도 동두천 인근에서 미군의 폭격으로 사망했다는 내용의 기사를 발표하기도 했다.

**정지용의 시 세계는 크게 세 시기로 특징이 구분되어 나타난다.

첫 번째 시기는 1926년부터 1933년까지의 기간으로, 모더니즘의 영향을 받아 이미지를 중시하면서도 향토적 정서를 형상화한 순수 서정시의 가능성을 개척하였다. 특히 그는 우리말을 아름답게 가다듬은 절제된 표현을 사용하여 다른 시인들에게도 큰 영향을 끼쳤다. 지금까지도 널리 사랑을 받고 있는 「향수」(조선지광, 1927)가 이 시기의 대표작이다.

두 번째 시기는 『가톨릭청년』의 편집고문으로 활동했던 1933년부터 1935년까지이다. 정지용은 이 시기에 가톨릭 신앙에 바탕을 둔 여러 편의 종교적인 시들을 발표하였다. 「그의 반」, 「불사조」, 「다른 하늘」 등이 이 시기에 발표되었다.

세 번째 시기는 1936년 이후로, 전통적인 미학에 바탕을 둔 자연 시들을 발표하였다. 「장수산」, 「백록담」 등이 이 시기를 대표하는 작품들로, 자연을 정교한 언어로 표현하여 한 폭의 산수화를 보는 듯한 인상을 준다고 해서 산수시(山水詩)라고 불린다.

큰글한국문학선집: 정지용 시선집

향수

© 글로벌콘텐츠, 2015

1판 1쇄 인쇄_2015년 10월 10일
1판 1쇄 발행_2015년 10월 20일

지은이_정지용
엮은이_글로벌콘텐츠 편집부
펴낸이_홍정표

펴낸곳_글로벌콘텐츠
　　　등　록_제25100-2008-24호

공급처_(주)글로벌콘텐츠출판그룹
　　　기획·마케팅_노경민　　**편집**_김현열 송은주　　**디자인**_김미미　　**경영지원**_안선영
　　　주소_서울특별시 강동구 천중로 196 정일빌딩 401호
　　　전화_02-488-3280　　**팩스**_02-488-3281
　　　홈페이지_www.gcbook.co.kr

값 15,000원
ISBN 979-11-5852-063-2 03810